어느 바닷가의 픽션

어느 바닷가의 픽션

채길순 소설

교유서가

차례

어느 바닷가의 픽션

나는 땅끝마을 어느 한적한 바닷가에 머물렀다. 그날, 바닷속 무대에서 물고기들의 공연을 관람한 것은 정말 우연이었다. 나는 남들처럼 바닷속에 통발을 놓아서 몇 종류의 물고기를 잡았다. 이런 일이야 누구나 할 수 있는 일이겠지만, 물고기들이 원수를 갚기 위해 갈등하는 무대 공연 관람은 실로 우연이었고, 나는 이 때문에 엄청난 재앙을 맞았다.

그날, 한낮 쪽빛 바다는 해가 뿌려놓은 하얀 비늘이 바다 위에 조용히 넘실댔다. 먼저 통발에 들어온 여러 물고기 중 우럭으로 사건이 시작됐다. 우럭의 목을 베어, 하루를 묵혀서 썩은 머리를 통발 미끼로 매달아 깊은 바다에 담갔다. 내가 통발 끈을 선착장 고리에 묶어 놓고 돌아서려는데, 매달아놓았던 줄이 심상치 않게 흔들렸다. 대체 무슨 일이지. 잠깐 호기심을 가지는 순간, 바다 위로 네모난 엘리베이터가 올라왔다. 용궁에서 올라온 기구인가? 흔히 상상할 수 있는 생각을 하고 있을 때 '띵─' 소리와 함께 엘리베이터 문이 열렸다. 문이 열리면 타게 되듯이, 나는 기계적으로 엘리베이터 안으로 들어섰다.

"내려갑니다."

엘리베이터에서 익숙하게 듣던 안내 음성이었지만, 왜인지 분위기가 낯설게 느껴져서 내릴까 잠시 머뭇거렸다. 그사이에 내가 탄 엘리베이터가 깊은 바닷속으로 향했다.

제1장

바닷속 무대는 자연채광을 이용한 듯, 은은한 은빛이었다. 무대 중앙에는 내가 금방 내려보낸 통발이 놓였다.

통발은 둥근 그물통인데, 양쪽 입구에 들어오는 문이 있고 문 앞에는 미끼로 양파망에 묶은 썩은 우럭 대가리가 매달렸다. 통발 입구에 조명이 더 강하게 들어오고, 물속을 통과해 들어온 잔잔한 파도 소리가 깔리자 우럭 한 마리가 두리번거리며 나타나 통발 입구에 섰다. 통발 안에는 이미 우럭 한 마리가 들어가 유유자적 노닐고 있었다. 통발 아래쪽 수돗가에는 수건을 쓴 여인이 등을 보이고 앉아 저녁을 준비하는 중이다. 무대 가운데에서 형과 동생의 논쟁이 시작된다.

동생 : 형이 스스로 함정에 들어간 것은 실수야.

형 : 나는 후회하지 않아. 자식으로 아버지의 뜻을 따르고, 원수 갚는 일은 당연하니까.

동생 : 아버지를 따라 죽는 게 원수를 갚는 일이라고? 형의 행동은 무모하고 어리석은 짓이야.

형 : 억울한 일을 당하고 어떤 식으로든 저항하지 않으면 이런 억울한 죽음은 계속되잖아. 누군가는 저항하여 그 악의 순환 고리를 끊어야 한다고.

동생 : 인류는 일찍부터 원수 갚는 법을 합리적으로 정립해왔어. 아버지가 호랑이에게 잡아먹혔다면 호랑이를 잡아 죽이거나, 그러지 못하면 아예 엎드려 산신

령으로 섬겨왔지.

형 : 그건 말대로 호랑이가 담배 먹던 시절 이야기다. 인간은 진화하여 지혜를 모아 대항할 무기를 만들어냈고, 집단으로 힘을 모을 줄도 알게 되었어.

동생 : 영악한 지배자들은 피지배자들이 집단을 형성하지 못하는 속성을 간파하고 있지. 그래서 사발통문을 만들 사랑방이나 광장을 원천봉쇄시켜왔어. 광장이 저절로 없어진 듯 보이도록 화단이나 시설물을 설치해 없앴지. 둘러보라고, 요즘 광장이 어디 있냐고?

형 : 그런 광장회의론도 있지만, 광장의 역사를 기억하고 행동하는 게 진보이고, 역사야. 그 기억이 때가 되면 일시에 힘으로 분출되지. 그게 혁명이고 세상의 모든 경계를 허물게 되지.

동생 : 형! 말 잘했어. 그런데 지배자들은 교묘한 방법으로 광장을 없애고 기억 지우는 일을 하고 있거든?

형 : (힘없이) 아우 말이 맞다. 그래서 우리의 투쟁이란 과거 기억을 일깨우기 위한 고단한 싸움이랄 수도 있겠지. 내가 여기에 들어온 것도 싸움 중 하나지.

동생 : 형은 살아남아서 광장에 사람들을 모아서 싸울 생각은 왜 못한 거야?

형 : 내가 들어온 것 자체가 싸움의 한 방법이다.

동생 : 남은 형수나 애들이 당할 고통은 왜 생각을 못했지?

형 : 그런 삿된 생각에 사로잡히면 광장에 나올 수가 없지. (사이) 남은 가족이야 각자 제 살길을 찾겠지.

형이 중얼거리며 아내에게 눈길을 줬다. 동생도 등을 보이고 앉은 형수에게 눈길을 준다. 아내는 남편이 당한 처지를 전혀 모르는 듯 태연했다. 아내가 준비하는 것은 공교롭게도 생태탕이었다. 듬성듬성 썬 무를 냄비 바닥에 깔고, 머리와 내장 몸통을 가지런히 넣었다. 이제 파 양파를 썰어넣고 갖은양념을 넣어 적당히 물을 잡아 끓이겠지. 가족인 아이들은 아직 오지 않았다.

이때였다. 갑자기 천둥소리와 함께 무대가 어두워지고 푸른 번개가 무대 한복판을 질러갔다. 후드득 소낙비가 훑고 지나갔지만, 바닷속 무대로 푸르스름한 어둠과 함께 바닷물을 뚫고 들어온 소낙비 소리는 음흉하고 신비한 소리로 변주되어 있었다. 동생이 현실을 일깨우듯 슬프게 울며 형수를 향해 말했다.

동생 : 형수님, 정신 차려요. 이제 형은 죽음을 앞두

고 있다고요. 저 미끼로 매달린 아버지의 머리처럼 베어질 거라고요!

아내 : 뭐요? 저 안에 들어가면 머리가 잘린다고요?

그렇다면 여인은 전날 목이 잘려서 돌아온 시아버지의 죽음도 모르고 있다는 뜻이다. 그제야 남편의 죽음을 알게 된 아내가 "아이고! 아이고!" 곡을 시작했다. 점점 감정이 격해져서 냄비 뚜껑을 들어 바닥에 치며 팔자타령으로 이어졌다.

아내 : 생전에 호강 한번 못 시키더니, 이제 죄도 없이 머리가 잘린다니 대체 무슨 날벼락인가요? 가는 사람이야 그렇다 치고, 이년은 무슨 팔자가 기구하여 애들을 먹여 살려야 한단 말이오?

지금껏 진행된 형과 동생의 언쟁은 이성적이었지만, 여인의 팔자타령은 순전히 감성이었다. 감성의 무대로 돌변하자 형은 말을 잃었다.

동생 : 형은 아버지가 왜 참수당했는지 알기나 해?

형 : 알지. 아버지는 여전히 현실사회주의를 갈망하고 있었어. 마르크스의 사회주의이론이 세상에 나온 지 170년이 지났고, 아는 것처럼, 1991년 소비에트연방의 붕괴로 인류의 실험은 실패로 막을 내렸어. 인류

는 이념의 실험에 수많은 인민의 피를 제단에 바쳤지.

　동생 : 나는 아버지와 형이 실패로 끝난 텅 빈 광장에서 왜 머뭇거리는지 궁금해.

　형 : 왜냐고? 우리가 꿈꾸던 세상은 아직 오지 않았고, 인간 해방을 향한 위대한 사상은 여전히 유효하니까.

　동생 : 승리한 자본주의 세상은 진화했고, 이제 사회주의는 낡은 창고 속의 유물이 되었어.

　형 : 모르는 소리 마라! 신자유주의라는 너울을 쓴 기득권의 음모가 더 정교해졌고, 카르텔이 더욱 단단해졌지만, 자본주의 독주에 대응하는 우리의 현실사회주의도 함께 진화했지.

　동생 : 미래에 대한 전망이 그토록 밝다면, 아버지와 형은 어떻게든 살아남아서 투철하게 투쟁했어야지, 왜 허망하게 함정에 들어가 참수됐단 말이오?

　형 : (잠시 침묵 끝에) 그날, 광장에 사람들이 모이기로 했어. 그런데 기관에서 미리 심어놓은 프락치가 함정을 파놓고 아버지를 유인했던 거야. 기관은 제 칼이 아닌 남의 칼로 아버지를 제거했으니 쾌재를 부르고 있겠지만 어림없지. 짓밟힌 민초는 그들 생각대로 이

세상에서 사라지지 않아.

동생 : 끝났어. 둘러보라고! 광장은 비었고, 이제 광장에 기웃거릴 사람조차 없잖아.

형 : 때가 되면, 역사를 기억하는 사람들이 이곳을 가득 메울 것이다!

형의 목소리는 낮으나 신념에 차 있었고, 비장했다. 침묵 속에서 바닷물을 통과해 내려온 소낙비 소리가 한결 더 장중해졌고, 푸르스름한 어둠이 한층 더 짙게 무대를 장악해버렸다. 갑자기 통발 한가운데로 느슨하게 늘어뜨리고 있던 줄이 팽팽하게 당겨지나 싶더니 통발이 허공으로 올라가기 위해 움직이기 시작했다. 작별을 알아차린 아내가 울부짖었다.

아내 : 아이고! 여보! 이승에 원한이나 남기지 말고 부디 잘 가시오.

이때, 아들 1, 2가 등장했고, 금방 사태를 알아차리고 오열했다.

아들 1, 2 : 아버지!

마치 통발이 어두워진 무대를 떠올라 휴거(休居)의 한 장면처럼 허공에 들려서 점차 아득하게 사라져버렸다. 흐느낌이 무대를 장식할 무렵.

나는 지상으로 올라갈 엘리베이터가 도착하여 바다 위로 올라왔다. 아까 멀쩡하던 하늘과 바다는 검은색으로 한몸이 되어 장대비를 내리꽂고 있었다.

내가 마을회관 앞을 지날 때는 회관에 모였던 사람들이 각자 집으로 돌아가는 저녁 시간이어서 막 우산을 펼치려 할 때였다. 우산을 펼치던 검은모자 아저씨가 나를 알아보고 말을 걸어왔다.

"비 오는데 어디를 다녀오시오?"

내가 대답 대신 양파 자루가 든 검은 비닐봉지를 들어 보였다.

"묵직한 걸 보니 수확이 두둑한 모양이오."

검은모자 아저씨는 내가 자루를 열어 보이기도 전에 무게를 가늠하여 금방 알아차렸다. 비닐봉지를 들여다본 검은모자 아저씨가 말했다.

"우럭이 전날보다도 훨씬 크네요!"

"전날은 아버지 우럭이고, 이번에는 장성한 아들 우럭인께요."

내 말에 마을 사람들이 까르르 웃음을 터트렸다.

"선상님은 우스갯소리도 잘하셔."

검은모자 아저씨가 말했다.

"이렇게 큰 우럭은 원래 깊은 바다에 사는 놈인데, 미끼로 뭘 넣었기에 이렇게 큰 놈이 들어갔대요?"

"썩은 우럭 대가리요."

"재주가 좋소. 이만한 자연산 우럭은 우리도 좀체 맛보기 어려운 귀한 것이오. 맛나게 자시려면 목을 단칼에 내리쳐서 피를 쪽 빼야 한다오."

대화는 나와 검은모자 아저씨 두 사람이 했지만, 마을 사람들은 모두 자신이 할 말을 대신해준다는 듯 들으며 우리의 대화를 지켜보고 서 있었다. 그러고 보니 이 마을에서 가장 먼저 말을 나누기 시작했던 빨간모자 아저씨가 보이지 않았다.

"빨간모자 아저씨가 안 보이네요."

"아, 그 독불장군은 일에 미친 사람이라 회관에는 잘 나오지 않아요. 태풍이 와도 바다에 나가는 사람인께요."

빨간모자가 마을 사람들과 별로 친하지 않다는 사실을 알았다. 지독한 사람은 자신보다 더 지독한 사람을 질투하는 법이다.

내가 빨간모자 아저씨를 만난 것은 며칠 전이다. 내가 이 마을에 와서 처음 말문을 튼 사람이다. 하기야 내가 이 바닷가 마을에 오게 된 것부터 우연이었다.

나는 아버지와 어쩌다 의견이 맞지 않아서 한동안 집을 떠나 바닷가 마을에 들어왔다. 애초에 이 방을 쓰던 사람이 한 달 살기로 작정하고 들어왔으나, 1주일쯤 되어 갑자기 아내가 쓰러져 서울로 올라가는 바람에 나머지 23일 동안 내가 살게 되었으니 이는 순전히 우연이었다. 들여놓았던 쌀과 김치 김 달걀 식용유 등을 고스란히 놓고 가면서, 특히 자신이 놓던 통발 한 개와 미끼로 쓰던 비린내가 진동하는 고등어 토막을 두고 가면서 사건이 일어나기 시작했다. 그런데 나는 고등어가 통발 미끼로 들어가는 줄도 모르고 무심코 김치찌개에 넣어버렸다. 다행히 대가리는 넣지 않아서 첫 통발 미끼로 사용하기 시작했다.

내가 대면한 그 바다는 변화무쌍했다. 며칠 태풍으로 바다가 뒤채면 바다는 언제나 저렇게 회색으로 성나 뒤집히나 보다 했다가, 어떤 날은 마치 하늘의 고요가 내려온 듯 쪽빛으로 잔잔하여 적막하기까지 했다. 나는 물려받은 통발을 깊은 바닷속으로 던져넣으면서 처음에는 이 안에 어떤 물고기가 들어올지는 전혀 예상하지 못했다. 솔직히 안쪽에 양파망을 조각으로 잘라서 고등어 대가리를 미끼로 묶어 매달아 바닷속에 담가놓기는 했지만, 물고기들이 정말 이런 썩은 고등어 대가리를 먹겠다고 통발이라는 함정으로 들어오리라고는 상상도 못했다.

다음 날, 통발을 건져 올리자 우럭 노란망둥어 게가 들어 있어서 처음부터 놀랐다. 등에 검은색 가시 벼슬이 있는 물고기는 우럭이고, 여러 개의 발로 이리저리 정신없이 기어다니면서 난폭하게 구는 놈은 게였다. 그런데 어렴풋이 알고 노란망둥어라고 칭했던 물고기는 머리가 뭉툭하고 몸이 짧고 통통한데, 몸통은 마치 뱀장어같이 미끈거렸다. 마침 지나가던 빨간 모자를 쓴 어부가 말을 걸어왔다.

"수확이 제법 실한갑소이."

"안녕하세요? 이 물고기 이름이 뭐죠?"

내가 노란망둥어를 들어 보이며 엉겁결에 물었다. 실은 내가 물고기를 잡아도 되는지 슬쩍 겁이 나서 선수를 친 것이다. 요즘 작은 저수지나 강의 물고기 낚시도 당국의 허가증이 있어야 한다는 말을 들었다. 위반

하면 몇 년 이하의 징역과 몇백만 원 이하의 벌금이라고 쓴 표지판도 함께.

"아, 그거 귀한 물고기지라. 흔히 망둥어라고 하는데, 여기서는 보리치라고 허제라우. 대가리 잘라 내장 버리고 풋고추 듬성듬성 썰어넣은 막된장에 찍어 먹으면 맛이 왔다지라. 여기서는 그 고기만 골라서 잡으러 다니는 사람도 있지라우. 요즘에는 잘 안 잡히는 귀한 물고기가 되었지라."

다른 말은 그만두고 귀한 물고기라는 말에 기분이 좋았다. 설레는 마음에 장갑을 낀 손으로 제일 먼저 우럭을 잡아 양파망에 옮기고 이어서 노란망둥어와 게를 담았다. 이때 빨간모자 아저씨가 불쑥 말했다.

"여기는 배가 수시로 드나드는 곳이라 잘못하면 통발이 배 스크루에 감길 수 있지라우. 그렇게 되면 배가 결딴나제라."

통발 때문에 배가 망가진다는 말인데, 사람까지 망가진다는 말로 들려서 섬뜩했다.

"그러면 저쪽 선착장 먼 쪽에다 담그면 되겠군요."

무허가 어부인 내가 무안해하면서 말했다. 빨간모자 어부가 내 말에 대한 반응으로 고개를 끄덕였는지 말았는지 분명하지 않았다. 그리고 늘 바쁜 어부답게 크레인에 올라 어망과 어구를 배에 싣는 일을 시작했다.

내가 통발에 미끼를 매달아 바다에 담글 무렵에 빨간모자 아저씨가 배에 시동을 걸더니 빠른 속도로 먼 바다를 향해 미끄러져 나갔다.

숙소로 돌아와 해감하기 위해 개수대에 물을 받아서 양파망을 열어 잡아온 어류를 풀어놓았다. 바닷물이 아닌 민물에 든 물고기들이 일제히 살아나 유영을 시작했다. 좁은 개수대 안에서의 힘찬 유영을 보는 순간, 갑자기 까닭이 분명하지 않은 살의가 솟구쳤다. 나무 도마를 개수대 위에 걸쳐놓고 바동대는 우럭을 붙잡아 올려놓고 몸통을 힘껏 눌렀다. 우럭의 시뻘건 아가미가 숨 가쁘게 열렸다 닫히면서 마지막 힘을 다해 저항했다. 아가미가 끝나는 곳을 쳐야 머리와 창자를 동시에 끄집어낼 수가 있다. 큰 칼을 들어 단칼에 목을 내리쳤다. 머리는 피에 젖은 두 눈을 계속 허옇게 부릅뜨고 있었고, 몸통은 피를 뿜으며 달아난 머리를 찾으려고 바동거렸다. 아! 이제 저 머리와 몸통은 절대로 이어질 수 없구나!

순간, 아버지가 내게 보내준 사진 파일 속 증조부의 머리가 내 눈앞에 불쑥 나타났다. 황토 무덤에서 나온 구멍이 숭숭 뚫린 해골. 나는 머릿속에서 그 사진을 애써 지웠지만, 자꾸만 되살아났다. 이윽고 우럭의 피 묻은 머리와 몸통 움직임이 점차 잦아들었다. 머리보다 몸의 움직임이 더 오래 이어져 마지막으로 지느러미의 떨림이 멎으면서, 머리와 몸통을 이으려는 오랜 사투는 마침내 막을 내렸다.

이로써 한 생명이 생을 마감한 것이다. 내가 지켜본 참수로 생명이 사라지는 과정은 길고도 길었다. 이를 숨죽여 지켜보면서, 행여 머리와 몸통이 기적같이 연결되는 이적(異蹟)이 일어나지 않을까, 저 허옇게 두 눈을 부릅뜬 원한이 내게 미치지 않을까, 길지 않은 시간에 많은 생각이 오갔다.

물고기 한 마리의 죽음을 두고 이토록 복잡한 생각을 하다니, 내심 의연해지려고 연신 헛기침을 끌어올렸다. 이제부터는 한층 더 단호해져서 두 번째로 노란망둥어 머리를 내리쳤다. 목이 잘린 노란망둥어의 머리와 몸통이 힘껏 튀어 올라 도마를 벗어나 거실 바닥을 핏빛으로 물들였다. 나는 한동안 노란망둥어가 색

칠하는 핏빛 거실 바닥을 멍청히 내려다보고 서 있었다. 나는 알 수 없는 열패감에 휩싸여 동작이 멎은 망둥어 머리와 몸통을 개수대에 담가 최종 죽음을 확인한 뒤에 건져서 물이 끓는 냄비에 넣어버렸다. 이어 힘이 좋은 게를 쇠집게로 집어서 펄펄 끓는 냄비에 집어넣었다. 꽃게는 단 몇 차례 다리를 꿈틀대다가 잠잠해졌고, 열을 받은 게의 몸은 제 이름대로 붉은 꽃으로 활짝 피었다.

내가 이 바닷가 마을에 오게 된 것은 아주 사소한 일에서 비롯됐다. 아버지가 스마트폰 너머에서 말했다.

"증조부 묘를 이장해야겠다. 너도 동학혁명 때 조상이 돌아가신 내막을 알아야 하고."

나는 대화를 길게 이어가고 싶지 않아서 아버지에게 불쑥 말했다.

"지금 와서 비참한 역사는 기억해서 뭣 해요?"

아버지는 아들의 입에서 이런 말이 나올 줄 예상하지 못했던지 한동안 다음 말을 잇지 못했다. 아버지가 힘없이 중얼거렸다.

"그래야 보다 나은 미래를 대비할 수 있다."

아버지가 엉겁결에 내놓은 말 같았다.

"보다 나은 미래가 뭔데요?"

아버지는 대답하지 않았다. 아버지와의 짧은 대화는 마치 큰 싸움을 마친 듯 무거운 상처로 남았다. 그뒤에 내가 아버지로부터 카카오톡으로 받은 파일은 두 개였는데, 두개골 사진과 신문보도를 스마트폰으로 찍은 이미지 파일이었다. 아버지는 내가 신문기사를 다 읽어보지 않을 거라고 예상했는지 중요한 부분이라도 읽어보라고 형광펜으로 붉게 색칠하고 밑줄까지 그어놓았다. 아버지가 밑에 짧은 메모를 달았다.

"조상의 이야기이니 알아둘 필요가 있어서 보낸다."

"동학농민군 장성문 일가 128년 만에 유체 발굴—두개골 거의 완전한 형태로 발견"

1894년 동학농민혁명 당시 무안의 '나주 장씨' 장손이었던 장성문은 1894년 4월 둘째 동생 경문, 막냇동생 홍문과 큰아들 희정과 함께 동학농민혁명에 참여했다. 접주 장성문은 집 대숲에 대장간을 지어 무기를 공급하고, 군사훈련을 시키고, 군자금을 지원했다. 그해 12월 무안 고막원 전투에 참여했다가 크게 패해 12월 9일부터 12일에 걸쳐 모두 체포되어 무안 관아로 옮겨졌다. 일본군에 인계되어 심문 끝에 참수되었으며, 장성문 일가에서 관아에 뇌물을 써서 머리를 빼돌려 선영이 있는 원구정 언덕에 묻었다가 128년 만에 온전한 유체로 발굴되었다.

아버지가 내게 어떤 대답을 기대했는지 모르지만, 나는 대충 읽은 끝에 스마트폰에서 파일을 지워버렸다. 그래도 증조할아버지의 참형은 사실이고, 굳이 말하면 나는 참수당한 역적의 후손이다. 이 사실을 알기 전에는 아무렇지 않았는데, 이를 알게 되면서 어떤 식으로든 번거롭게 되었다. 문자메시지를 받는 순간 이미 거추장스러운 줄기를 머릿속에 걸쳐놓은 셈이다.

나는 아버지의 전화가 걸려올 거라고 예상했는데, 예상보다 늦게 며칠이 지나서 전화가 왔다.

"이번 주말에 증조부 묘를 이장하기로 했으니까 고향에 좀 같이 가자."

나는 평소에 아버지의 명령조가 불만이었는데, 아버지는 이번에도 어김없었다. 전날처럼 아버지에게 덤벼들까, 아니면 적당히 핑계를 대고 피해버릴까 잠시 궁리했다. 망설이는 사이에 아버지의 강압적인 말이 건너왔다.

"이번에는 고향에 좀 같이 가자."

"저, 회사에 바쁜 일이 있어요."

내 입에서 거절하는 말이 쉽게 나왔다.

"알았다……."

아버지가 힘없는 말로, 내 말을 쉽게 받아들였다. 그렇지만, 아버지가 단단하게 화가 난 것이 틀림없었다. 그렇지만 이는 그동안 내가 아버지에게 반항하거나 아버지를 길들이는 방법이었다. 아버지가 자신의 고집을 인정한 것처럼, 당신도 내 고집을 인정해왔다.

전화를 끊고 나서, 나는 내가 한 말에 책임을 지기 위해 한동안 긴박하게 움직였다. 과거 동료 교사가 퇴직하고 문학관을 지어 관장이 되어 있었다. 전화를 걸어서 숙소를 수소문했더니, 즉시 바라던 답이 돌아왔다. 마침 한 달을 작정하고 온 시인이 급한 일이 생겨서 방을 비우게 되었으니 들어와 지내라는 것이다. 회사에 한 달 휴가를 내고 급히 짐을 싸서 이 나라 땅끝 바닷가 마을로 내려온 것이다.

오늘 통발에서 건져 올린 우럭은 양파망 안에서 움

직임이 시들해져 있다가 개수대에 담가놓는 순간 생기가 돌아서 빠르게 헤엄치고 있었다. 마치 아까 무대에 등장했던 형 우럭이 아닌 듯, 눈앞에 다가온 죽음에 대해서 한 가닥의 근심도 없이 활달했다.

나는 이런 이유만으로도 살의가 충분히 솟구쳐서 단숨에 도마에 올려 몸을 단단히 누르고 칼을 들어 목을 내리쳤다. 개수대에 굴러떨어진 머리와 몸통이 각기 시뻘겋게 피를 뿜으며 한동안 몸부림쳤다.

제2장

미끼가 되어 다시 바닷속으로 들어갈 형 우럭의 머리는 아직도 눈빛이 선명하게 반짝거리는 상태였다. 물고기는 사람처럼 이승의 한을 담아버리듯 눈이 감기는 구조가 아니었다. 이는 미끼로 쓰기 좋을 만큼 썩지 않았지만, 다른 미끼가 없으니 일단 가져가기로 마음먹었다. 통발을 건져 올려서 썩은 아버지 우럭 머리가 그대로 있으면 다시 담가놓을 계획이었다.

줄을 올릴 때 통발이 제법 묵직하다 싶더니 통발이 미어터지도록 큰 문어가 들어 있었다. 희고 붉은 몸뚱

어리의 문어는 여덟 개의 다리를 밖으로 내보내 힘을 과시하면서 으르렁거리고 있었다. 문어 입이 머리 어디쯤 붙었는지 모르지만, 뭐라 중얼대면서 좁은 통발 안을 어슬렁거리고 있었다. 만물의 영장인 사람에게 잡혔다는 두려움도 전혀 없어 보였다.

마을회관 검은모자 아저씨가 들려준 말에 따르면 문어잡이 통발은 며칠씩 담가둬야 한다는 것이다. 문어는 미끼로 넣어둔 우럭 대가리는 물론 통발 안에 들어온 게나 망둥어 우럭 낙지를 모조리 먹어치우는 상위 포식 어종이라고 했다.

"문어는 흡착기로 상대의 목을 조른 뒤 통째로 삼켜버리는 무서운 놈입니다."

나는 지금까지 식인 상어나 청상아리, 백상아리 따위가 성질이 흉포하여 사람을 공격한다는 말은 들어왔지만, 문어가 이토록 무서운 놈인지는 처음 알았다. 통발에 손을 집어넣어 미끈한 목을 단단히 움켜잡아 양파망에 옮겨 담아 주둥이를 단단하게 끈으로 묶고, 문어의 눈빛과 소리가 무서워서 다시 검은 비닐봉지에 담았다. 이제 미끼가 사라졌으니 눈이 또랑또랑 빛나는 형 우럭 머리를 통발 미끼로 쓸 수밖에 없게 되었다.

형 우럭 머리를 미끼로 매단 통발을 바닷속으로 내려보내고, 마침 올라온 엘리베이터를 타고 뒤따라 내려갔다.

전날의 무대처럼 통발이 한가운데 놓였고, 전날처럼 무대는 자연채광으로 화사했다.

동생이 형수와 조카들을 거느리고 통발 문밖에서 목이 잘려서 돌아온 형을 맞이했다. 통발에 매달린 주검을 확인하는 순간, 형수와 조카들이 먼저 울음부터 터트렸다. 한바탕 울음이 휩쓸고 지나가고 나서, 눈물을 머금은 동생이 먼저 말했다. 형의 머리는 아직 비린내를 풍기는 싱싱한 상태였고, 영혼이 빠져나가지 않아서 원만한 대화가 가능했다.

동생 : 형! 보시오. 가족이 하루아침에 가장을 잃고 비참한 지경이 되었는데 후회가 없단 말이오?

형 : 그릇된 판단으로 죽음을 선택했다고 보지 마라. 나는 조금도 후회하지 않는다. 그렇다고 뭇사람으로부터 칭송을 받기 위해서 한 일이 아니다. 나는 아버지의 뜻을 공감하고 뒤따랐을 뿐이다. 다만, 내가 아내와 자식들을 보듬어주지 못하게 된 것이 미안할 따름이다.

형의 눈에서 점차 생기가 빠져나가 결별의 시간이 다가왔다. 형이 거친 숨을 내몰아 쉬었다. 다시 한번 오열의 회오리가 일고 지나갔다.

아들 1 : (흐느껴) 저는 아버지처럼 살지 않을 거예요. 우리는 앞으로 다른 애들이 겪지 못하는 아픔을 겪어야 하잖아요.

형 : 그렇구나. 아버지가 미안하구나.

아들 2 : 저는 아버지를 이해합니다. 저도 언젠가는 아버지의 뒤를 따라가겠지만, 시간을 두고 신중하게 시기와 방법을 찾을 겁니다.

형 : 고맙구나.

형 우럭의 말은 마지막 말처럼 힘이 없었다. 잠시 침묵이 흘렀다. 그렇지만 대화가 언제 단절될지 모르는 절박한 시간이었다. 아내가 말을 이었다.

아내 : 당신이 떠나던 날, 내가 생태탕을 준비한 것처럼, 이제 내게 주어진 삶을 살아가야지요. 당신이 떠나던 날 생태탕을 드시지 못했으니 대신 살아남은 사람의 몫으로 아이들이 더 많이 먹었어요. 이제 당신을 잊고 살아갈 것입니다. 부디 편안하게 길을 떠나세요.

형 : 고맙소. 훗날 저승에서 볼 수 있으면 좋겠소.

형의 머리에서 마지막으로 영혼이 빠져나가듯, 은빛으로 빛나던 무대의 조명이 차츰 어두워갔다. 가족의 오열이 어두워가는 무대로 퍼져갔다.

나는 아까 통발에서 건져 올렸던 문어를 찾기 위해 급히 엘리베이터를 타고 바닷속을 떠나 육지로 올라왔다. 잔잔한 바닷바람에 하얀 햇살이 푸른 바다 위를 수놓고 있었다. 마침 크레인 엔진을 가동해놓고, 빨간모자 아저씨가 운전대에 오르기 전에 모자를 벗어서 민둥한 머리를 쓸며 모자를 고쳐 쓰는 중이었다. 그 순간 나는 빨간모자 아저씨의 미끈하게 번질거리는 민둥머리를 보고 말았다. 빨간모자 아저씨가 마치 감추고 있던 제 허물을 들켜서 무안했던지 몇 차례 헛기침을 하고 나서 제 입으로 해명했다.

"젊은 날, 태풍이 오던 날에, 배 스크루를 한 방 얻어맞고 죽다 살아났지유."

"지금도 젊으신데, 언제 사고가 났습니까?"

"이래 봬도 선상님보다는 나이를 훨씬 더 먹었지유. 그나저나 묵직한 거 보니 오늘은 꽤 실한 놈을 건진 모양이우."

"문어란 놈이 들어왔네요."

내가 검은 비닐을 들어 올려 보였다. 순간 자루 안에서 여덟 개의 다리를 일제히 움직여 꿈틀대던 문어가 뭐라 소리를 질러댔다. 나는 어부라면 문어가 하는 말을 알아들을지도 모른다고 생각했다.

"지금 문어가 뭐라고 하나요?"

"참, 선상님도…… 그놈이 무슨 말을 해유? 할 말이라면 뒈지기 싫어서 하소연하는 거겠지유."

"문어는 바다의 영물이라잖아요. 축구게임 승패도 알아낼 정도로요."

"그런 놈이 통발에 들어가유? 멍청한 놈인께 들어가지유."

빨간모자 아저씨가 크레인에 훌쩍 뛰어올라 배에 어구와 그물을 싣는 작업을 시작했다.

숙소로 돌아와 개수대에 물을 받아 담글 때까지 문어는 나를 저주하듯 계속 중얼거렸다. 까닭 모를 공포가 몰려왔다. 갑자기 오금이 저려와서 문어보다 내 몸이 더 먼저 굳어버릴 것 같았다. 허둥지둥 큰 냄비에 문어의 목을 움켜쥐고 몸통을 집어넣자 소리를 지르며

필사적으로 다리를 밖으로 뻗어 안간힘을 썼다. 가까스로 다리를 욱여넣고 냄비 뚜껑을 닫았다. 한 손으로 뚜껑을 누른 채 다른 손으로 가스불을 켰다. 이마에서 진땀이 흐르고 있었다. 한참을 지나서야 겨우 잠잠해져 뚜껑을 열어보니 순교한 문어의 붉고 흰 알몸이 끓는 물 속에 익어가고 있었다. 거룩한 영물을 죽였다는 죄책감이 몰려왔다.

제3장

남은 날이 훌쩍 지나가고 집으로 돌아갈 날이 왔다. 방송이나 인터넷에서 연일 태풍 29호 야마네코가 한반도에 상륙한다고 야단이었다.

나는 짐을 싸놓고 마지막으로 바닷가에 나가서 통발을 거두기로 마음먹고 숙소를 나섰다. 이때 아버지의 짤막한 카톡 문자가 도착했다.

"증조부 묘 이장 잘 끝냈다."

태풍을 피해 이장을 잘 끝냈다는 뜻이다. 바쁜 척해야 하니 클릭하지 않았다. 잠시 틈을 두고 카톡 문자가 도착했다.

"태풍이 올라온다는데 조심하거라."

나는 깜짝 놀랐다. 그렇다면 아버지가 바쁜 회사 일을 핑계 대고 바닷가에 내려온 것을 알고 있다는 말인가. 아니지, 지금 온 나라가 태풍으로 긴장하고 있으니까 그냥 한 말이겠지.

검은 바다가 태풍 속에서 아우성치고 있었다. 그렇지만, 바다를 머리에 이고 있는 하늘은 딴 세상처럼 고요했다. 하늘과 땅이 때로는 따로 놀기도 하는구나.

선창가로 가는 길에 들어서는 순간, 내 몸은 바람에 휘청댔고, 거친 파도가 도로를 뛰어넘어 내 몸을 후려쳤다. 아무래도 선착장으로 가는 것은 무리였다. 이런 날에는 빨간모자 아저씨도 바다에 나가지 않았을 것이다. 내 계획은 통발을 걷어놓고 오전 중에는 이곳을 떠나는 것이었다. 조바심에 몸을 낮게 엎드려 바람과 파도를 뚫고 선착장을 향해 조금씩 발걸음을 옮겼다. 나의 까닭 모를 내 고집이 스스로를 더 집착하게 했다.

내가 온몸이 흠뻑 젖어 가까스로 선착장에 닿았을 때는 바람이 한층 더 거칠어 있었다. 고요하던 하늘도 어느새 바다와 한패거리가 되어 검게 변한 채 하늘과 땅을 뒤흔들었다. 방파제에 매여 있던 배들이 서로 몸을 거칠게 뒤채며 아우성쳤다. 이제 저 배들이 매여 있는 선착장을 지나 몇 걸음만 더 옮기면 통발을 내린 줄에 도달할 수 있다. 마을회관 검은모자 아저씨의 말이 계속해서 내 귓전에서 살아났다.

"제아무리 기계가 발전해도 어부는 바람이 심한 날에는 바다에 나가지 않습니다. 뭐랄까, 자연에 순응한다는 뜻이지요."

어느 한순간, 기적처럼 바람이 잦아들었다. 바다 위를 거침없이 달려온 바람이 잠시 숨을 고르는 걸까. 나는 방파제 아래 통발로 연결된 줄을 끌어당겼다. 그런데 물결이 심하게 흔들리면서 줄이 돌 틈에 끼였는지 좌우로 크게 흔들어보았지만, 밧줄은 꿈쩍하지 않았다. 폭을 더 크게 흔들다가 예상하지 못한 일이 벌어졌다. 한동안 숨을 고르듯 멈췄던 바람이 한꺼번에 숨을 토해내면서 몸이 중심을 잃고 바닷속으로 곤두박질쳤다. 바다에 떨어진 몸이 파도에 휩쓸려 위로 솟구쳐올랐다가 내동댕이쳐지면서 쥐고 있던 줄을 놓쳤고, 깊은 바닷속으로 빨려 들어갔다. 심연으로 빨려 들어가면서 온몸을 휘감는 황홀한 가벼움, 그리고 깊은 바닷속으로 빨려드는 희열이 온몸으로 전율처럼 퍼져갔다.

조명이 꺼진 어두운 무대 위에 통발 속의 썩은 우럭 머리가 눈에 들어왔고, 썩은 냄새와 물비린내가 코끝으로 스쳐갔다.

그 순간, 심연의 바닷속에 광활한 우주가 펼쳐졌다. 신비한 은하의 바다에서 돌연 검은 물체가 나타나 빠른 속도로 다가왔다. 이런 감상도 잠깐, 순식간에 하얗게 번뜩이는 스크루 날이 내 목을 뎅강 잘라버렸다. 내 목이 소용돌이에 휘말려 잠깐 바다 위로 솟구쳐 올랐을 때, 뱃전에서 둥근 방향키를 잡은 빨간모자 아저씨가 눈에 들어왔다가 바닷속으로 곤두박질하여 갯벌에 처박혔다. 머리가 잘려 나간 몸통은 마치 허공중을 회전하는 체조선수의 몸처럼 물속을 휘돌았다. 태풍이 몰아치는 바다에서 머리와 몸통은 서로 이으려는 몸부림도 없이 각기 버둥대다가 잠잠해졌다. 갯벌에 처박힌 목에서 흐르는 피는 천천히 흘렀고, 거친 바다에 뜬 몸뚱어리에서 나오는 피는 파도에 휩쓸려 빠르게 퍼져갔다.

이때였다. 피 냄새를 맡은 하얀 문어 떼가 함성과 함께 순식간에 어둠의 무대로 몰려들어 내 머리와 몸통을 휘감아 살과 피를 흡착하여 먹기 시작했다. 별도의 조명등 없이 문어들의 흰 몸이 그대로 무대에 알맞은 조명이 되었다. 무대는 금방 무지개떡시루처럼 색색의 층이 형성됐다. 무대 맨 아래쪽에는 뜨거운 물에 익은 붉은 게와 살아 있는 검은 게 떼가 뒤섞여 자리 잡았고, 내 머리와 몸통을 뜯어 먹는 흰 문어 위로 노란망둥어 떼가 한 층을 장식하는가 싶더니, 그 위로 검정 우럭 떼가 몰려왔다. 우럭 떼 맨 앞에는 아들 1, 2가 붉은 깃발을 흔들고, 뒤에는 머리에 붉은 띠를 두른 동생과 아내가 함성을 지르고 있었다. 바다 밖 태풍에서 변주된 거대한 혁명의 함성이 온 무대로 넘쳐났다. 마침내 무대의 모든 경계가 사라졌다.

무대 위에서 막이 천천히 내려왔다.

구빈원*

미셸 푸코(Michel Foucault)는 저서 『광기의 역사』에서 병원 탄생이 광기를 둘러싸고 이루어지는 권력의 총체적인 전략이며, 그 효과라고 보았다. 저서에서 구빈원(救貧院)은 광인을 수용하는 사회 제도적인 시설을 의미하고 있지만, 여기서는 치매환자를 수용하는 시설로 차용하였다.

천사양로원의 아침은 아주 느리고 조용하게 찾아왔다. 마치 임종을 앞둔 노인의 혼이 저승의 문턱까지 이르렀다가 가까스로 기력을 회복하여 깨어난 듯. 그래서 아침은 언제나 적막하다.

노인들은 아침 식사 때 빈자리로 누군가와의 결별을 알아챈다. 그렇더라도 그뿐, 아무런 반응이 없다. 그러니 저녁 식사 때면 말없이 작별 인사를 나눈다.

천사양로원에서 결별은 일상이다. 이동 침대에 실려서 나갔다가 돌아오지 않으면 곧 결별이다. 그래서 사람들은 이동 침대에 실려 가는 곳이 천국이라는 전설을 반복해서 퍼트려놓았다. 주인이 떠난 자리에 남은 물건은 분리수거되고, 옷은 세탁해 재활용하지만, 옷에는 죽은 이의 혼이 남아 있지 않으니 옷 주인이 어떤 사람이었는지, 어떻게 죽었는지 알 길이 없다. 소독을 마친 방은 즉시 새로운 노인으로 채워진다.

내가 이곳 천사양로원으로 들어오기 전날, 의사의 세 번째 판정을 통보받았다. 이런 통보는 대개 금요일 퇴근 무렵에 이뤄진다. 판정에 불만이 있더라도 항의할 시간이 없거나 짧게, 또는 토요일 일요일을 거치면서 분노가 사그라들도록 하기 위해서다.

"여사님, 유감스럽게도 이번 판정도 1, 2차와 다름없습니다. 이제 떠나셔야겠습니다."

의사는 귀가 어두운 노인들을 상대하다 보니 목소리가 언제나 크고 정확했다. 그리고 여차하면 자리를 박차고 달아날 준비를 한다.

"무슨 말이야? 의사란 놈들은 모두 한통속인데 네놈들 말을 어떻게 믿어? 난 스위스로 출국해야 해. 나는 거기서 여생을 편안하게 보낼 거라고!"

내가 화를 내며 소리치자 사무장은 나의 이런 반응

을 예상한 듯이 담담하게 앉아 있었다. 이제부터는 내 말을 귓등으로 흘려들을 것이다. 의사가 나를 달래어 말했다.

"받아들이기에 따라서는 가시는 곳이 천국이지요."

"감옥이지 어째서 천국이야? 그런 천국은 너희나 가!"

"감옥이든 천국이든 받아들이기 나름 아니겠습니까?"

"난 안 가! 너희 맘대로 해!"

내 말에 사무장이 말없이 자리에서 일어섰다. 이제부터 신분이 치매 환자에서 통제 불능의 광인으로 바뀌어 버렸다. 미리 대기 중이던 두 장정이 양쪽에서 내 양팔을 꼈다. 내 39킬로그램의 몸이 무기력하게 허공 중으로 가볍게 떠올랐다. 아, 가벼움에 실린 공포를 동반한 절망감. 이때 스마트폰 벨이 울렸지만 받을 수가 없었다. 두 장정은 내 스마트폰 벨소리는 아예 들은 척도 하지 않았다. 부재중으로 찍힌 이름은 언뜻 보아서 복순이었다. '김복순'이 정확한 이름이고, 초등학교 교감하다 퇴직했다. 생전 전화 한 통 없던 년이 무슨 일로 전화를 했을까. 벨소리 때문에 스마트폰이 즉각 압수됐다.

　나는 외딴 섬으로 가는 배에 실려 가면서 탈출을 시도하는 꿈을 꿨는데, 어수선한 꿈이 수습되기도 전에 붉고 푸른 불빛만 번쩍거리는 앰뷸런스가 소리 없이 도착했다. 모두 잠든 새벽이었다. 내가 안 가겠다고 발광하거나 탈출을 시도할 때를 대비하여 39킬로그램 내 몸무게의 몇 배나 되는 건장한 호송원 두 명이 동원됐다. 나는 이동 침대에 사지가 묶여 안대에 마우스까지 씌워져 앰뷸런스에 실렸다. 얼마쯤 달려서 앰뷸런스가 멈춰 섰고, 차체가 아래로 쏠리는 각도와 방지턱을 넘어가는 움직임으로 미뤄 큰 배의 적재함에 실렸다. 배의 적재함 중에서도 더 깊은 곳에 이르자 이동 침대가 내려지고, 앰뷸런스와 호송원들이 돌아가는 소리가 들렸다.

　어둠 속에서 출항을 알리는 뱃고동이 울리고, 나를 실은 배가 물결에 얹혀 가볍게 흔들렸다. 지난밤 꿈에서 미리 항해했으니 꿈은 분명히 예측 기능이 있다. 이 항해는 한 인간의 운명을 미지의 세계로 밀어 넣을 것이다. 결박된 몸을 이동 침대 그대로 둔 것을 보면 망망대해에 이동 침대째 밀어 넣을 계획일지도 모른다. 한

순간에 무서운 상상으로 공포가 몰려왔지만, 곧 안도의 한숨을 내쉬었다. 내가 지닌 스위스 은행 통장 때문에 절대 나를 이대로 죽이지는 않을 것이다.

나를 태운 배가 낯선 항구에 정박했고, 나를 내려놓은 배가 육지로 돌아갔다. 나의 추방은 사회로부터, 다시는 돌아오지 못하는, 한 인간의 종말을 의미하고 있었다. 이런 조치는 세상 사람들 모두의 평화를 위해 불가피한 조치라는 대의명분에 의해 자행되었다.

나는 결박에서 풀려나 섬에 첫발을 내딛는 순간 목표를 세웠다. 기필코 이곳을 탈출하여 나를 섬으로 추방한 세력과, 이를 용납한 불의한 사회를 고발할 것이다. 그러려면 나는 지금부터 냉철한 이성으로 대처해야 한다.

내가 천사양로원에 들어와 방이 배정되고 얼마 동안은 아무 일 없이 조용했다. 그 고요가 견딜 수 없는 불안감을 느끼게 했다. 노크 소리와 함께 문이 열리고 검은 블라우스를 입은 '사무장' 명찰을 단 여자가 나타났다.

"1004호님, 안녕하세요?"

"내가 뭔 감방 죄수여? 내 이름은 강옥희여."

"아유, 죄송합니다. 여기서는 다들 이렇게 불러요. 건강검진을 받으셔야 해서요."

"멀쩡한 사람을 치매환자라고 진단해서 가둬놓고 또 뭔 짝에 건강검진이야?"

"여기서는 모든 건강이 과학적으로 관리됩니다. 첨단 의료 캡슐에 5분만 누워 계시면 AI닥터에 의해 모든 건강상태가 체크돼요. 진단이 끝나고 나면 바로 이어서 원장님 면담이 있어요."

"과학적으로 관리하기 위해서가 아니라, 과학적으로 학대하겠다는 심보겠지."

"아유, 1004호님 별말씀 다 하세요. 건강하게 오래오래 사셔야지요."

"바로 그게 허위라는 거야. 속히 죽기를 고대하면서 오래 살라는 빈말. 세상은 집단으로 사기치는 거지."

사무장을 따라 검사실로 들어가 침대에 드러누웠더니 위에서 캡슐 지붕이 내려와 덮었고, 잠시 뒤에 신비한 빛과 리듬 속에 캡슐 천장에 황홀한 우주의 세계가 펼쳐졌다. 내 몸에서 떠돌던 한줄기 넋을 낚아채나 싶더니 점차 캡슐 안이 곧 잠잠해졌다.

까무룩이 잠이 들었나 싶었는데 깨어나니 내 몸은 어느새 캡슐 밖으로 옮겨져 있었다.

위층에 원장실이 있었다. 원장도 검은 블라우스에 '원장'이라는 명찰을 달고 있었다. 원장 앞에는 단단히 토라진 노인이 앉아 있었다.

"1004호님, 환영해요. 그동안 생활이 불편하시지 않았는지요?"

"멀쩡한 사람을 감옥에다 처박아놓고 뭔 불편 타령이여? 나 얼른 집으로 내보내줘."

"아무렴요, 치료 잘하시고, 병세가 호전되면 당연히 보내드려야지요."

원장이 온화하게 웃으며 말을 받았다. 종이컵에 담긴 차가 내 앞에 놓일 무렵에 용건이 나왔다. 여기서는 소각될 물건만 쓴다.

"1004호님께서 회장 좀 맡아주세요. 전 회장님께서 갑자기 사의를 표하셨네요."

그제야 나는 토라져 앉아 있는 여자를 자세하게 바라보았는데, 눈빛이 유난히 빛났다.

"회장이 하는 일이 뭐예요?"

"그냥, 회원들의 의견을 모아서 전해주시는 정도지,

크게 하시는 일은 없어요."

"그렇다면 한번 해보지요."

나는 한시라도 빨리 여기를 빠져나가는 데 도움이 될지도 모른다는 생각이 들어서 쉽게 수락했다.

나는 방으로 돌아오자 별 뚜렷한 이유도 없이 기분이 좋아졌다. 그런데 새침데기가 내 방으로 뒤따라 들어왔다. 내가 의자를 권하고 침대에 걸터앉았지만, 새침데기는 그대로 선 채 눈을 번뜩이며 말했다.

"저놈들 수작에 넘어가지 마시오."

"그게 뭔 말이오?"

"두고 보면 알 것이오. 내가 캡슐에 들어가 AI닥터의 진료를 받았는데, 내 몸에 이상한 약을 투약해서 나를 환상의 세계로 몰아넣었어요. 옛적 기억들이 허상으로 살아나서 사람을 괴롭혀요."

"그래요?"

사실 나는 금방 들어갔다가 나온 캡슐 AI닥터에서 각별하게 느낀 것이 없었다. 나는 대뜸 새침데기를 과대망상환자로 취급하고 있었고, 어느새 관리자 입장이 되어 있었다. 내가 보기에 새침데기는 번뜩이는 눈빛만으로도 광인으로 취급받기에 충분했다. 그렇다면 나도 저런 눈빛 때문에 이 섬으로 끌려온 것일까. 새침데기가 방을 나가기 전에 내게 나지막이 말했다.

"댁에도 스위스에 비밀통장 있지?"

나는 흠칫 놀랐다. 나는 방어 수단으로 스위스 은행 소액 통장을 만들었는데, 그렇다면 새침데기도 방어용으로 스위스 통장을 지니고 있다는 뜻이다. 새침데기의 도도한 태도로 미뤄 어쩌면 거액의 스위스 통장을 지니고 있을 것 같기도 했다. 나는 부정도 긍정도 아닌 모호한 표정으로 대답을 대신했다. 새침데기가 힘없이 말했다.

"저들은 나를 목욕을 핑계로 학대했어."

"미셸 푸코는 그의 저서 『광기의 역사』에서, 물고문은 고대사회 때부터 시행해오던 치료법 중 하나였다고 했지요. 환자가 기진할 때까지 침수시키는 방법을 썼어요. 목욕을 가장한 침수치료법을 당장 정지하라고 요구할 거요."

"나는 그런 먹물 얘기는 모르겠고, 앞으로 잘해보세요. 나는 더 피곤하게 지내고 싶지 않아서 통장과 비번까지 다 넘겨버렸어요. 대장 자리까지. 다 비우고 나니 편해졌어요."

새침데기가 표정은 차가운데 말은 비교적 공손하게 내려놓고 방을 나갔다. 등신 같은 년! 나랑 처지는 같았지만 나는 왜인지 새침데기의 편이 되고 싶지 않았다.

나는 하루아침에 뜻하지도 않았던 '천사대장'이 되었다. 1004호 방 번호 호칭을 따서 모든 노인이 나를 그렇게 불렀다. 이것이 내가 이 섬을 탈출하는 데 도움이 될지, 해가 될지는 알지 못했다. 그렇지만 당장 대우가 달라져서, 이 섬으로 들어오기 직전에 빼앗겼던 스마트폰도 돌려받았다. 부재중으로 찍혀 있는 김복순에게 전화를 걸었다.

"왜 전화가 안 되는 것이여?"

김복순은 초등학교 교감으로 퇴직했는데도 꼭 저잣거리 아줌마 같은 말투였다. 나는 굳이 숨길 이유가 없어서 양로원에 수용되었다고 말했더니 김복순에게 뜻밖의 말이 돌아왔다.

"사실은 나도 억울하게 격리 판정을 받았는데, 기왕이면 너랑 같이 있을까?"

뜻하지 않게 내가 김복순의 '섬으로의 영입'을 도와주는 꼴이 되었다. 적적하지 않게 동무랑 서로 의지하고 사는 것도 나쁘지 않다 싶기도 했지만, 곧 불러들인 것을 후회했다.

양로원으로 들어오는 길목을 가로막고 방역이 시작되면서, 유폐된 천사양로원에 또 한 겹의 무서운 유폐 작업이 진행되었다. 우리가 알 수 없는 바깥세상이 신종 코로나바이러스109(SARS-CoV-109) 사태로 일상이 공황 상태에 빠져들었다고 연일 방송했다. 어쩌면 당신들이 이곳에 들어온 것이 오히려 더 잘됐다는 말과 같았다.

"2019년 코로나19 사태가 다시 왔다고 보면 됩니다. 당분간 각자 자기 방에서 생활하시고, 혹시 외출할 때도 마스크 착용은 필수이며, 30초 손씻기, 사람 간 거리두기 등 기본 수칙을 지켜주세요. 그리고 가능한 불필요한 경내 외출도 자제해주세요."

긴장된 방송이 하루에 몇 차례씩 천사양로원 경내를 휘젓고 다녔다. 양로원 쪽에서는 새로 시작된 코로나109로부터 보호하기 위해서라고 했지만, 각별한 위협이 감지되었다. 죽음에 대한 위협이 멀고 가까운 곳에 도사리고 있지만, 생명을 위협할 때는 거의 본능적으로 감지되는 법이다.

내게 이런 위협이 감지된 것은 요양원 뒤 개구멍으로 뚫린 바깥 찔레 넝쿨 아래로 자장면이 배달돼온 날부터였다.

그날 아침에 김복순이 찾아왔다. 김복순은 뭣에 씌었는지 광대 분장같이 하얀 파운데이션을 떡칠했고, 입술에는 루주까지 처발랐다. 처음에는 김복순은 뭣에 씌었는지 곧 등을 돌린 사이가 되어서 김복순을 여기로 끌어들인 일을 두고두고 후회하는 중이었다. 들어오던 날부터 엉터리 치매 판정으로 들어왔다고 하소연하더니, 만날 때마다 징징 짜면서 신세타령하는 게 일이었다.

"나, 어제 너들 아버지 만났다."

김복순이 년의 말 첫마디부터 정나미가 떨어졌다.

"미친년! 저승에 가서 백골이 진토가 된 지가 언제인데 뭔 뚱딴지같은 말이여?"

'당장 내 방에서 나가!'라고 소리치고 싶었지만, 꾹 참았다. 김복순이 신이 나서 말을 이어갔다.

"어제 저물녘에, 너들 아버지가 찔레꽃 넝쿨에서 불쑥 나타나시더니 '옥희 지금도 잘 있냐?'고 물으시더

라. 그러더니 '가끔 전화라도 좀 해줘라. 그 애는 불쌍한 애여'라고 말씀하시는 것이여. 너들 아버지는 내가 지금 너랑 같은 집에 사는 줄 몰라서 허신 말씀이겠제."

김복순이 년이 토라진 나를 달래려고 지어낸 말이겠지만, 용하게도 살아생전에 아버지가 내게 했던 말과 비슷했다. 아나 이년아! 내가 네년 수작에 넘어가나 봐라.

"미친년! 당장 꺼져!"

김복순 저년의 기억은 지금 서른 살 성장판에 머물러 있는 것이 틀림없었다. 왜냐하면, 아버지가 세상 뜬 때가 내 나이 서른 시절이었으니까. 김복순이 가까이 다가오더니 기어코 제가 할 말을 내놓았다.

"옥희야. 나는 치매도 정신병자도 아녀. 나 좀 집으로 보내줘!"

"이년아, 가까이 오지 마! 코로나로 거리두기 몰라?"

내가 김복순의 손을 뿌리치며 물러섰다.

"이년아! 내가 의사냐? 그리고 세상에서 네년이 나오기를 기다리는 사람은 아무도 없어! 네년이 그냥 소리 소문 없이 죽어주기를 기다릴 뿐이라고!"

"아녀! 하늘이 두 쪽 나도 우리 애들이나 그 양반은 그럴 사람이 아녀! 오매불망 나 나오기를 기다린다구."

저년이 착각하고 사는 것이다. 어쩌면 온 가족이 회의를 열어 '보내버리자'라고 작당했는지 알 수 없는 노릇이었다.

천사양로원의 월요일이 시작되었다. 오월의 빛나는 해가 솟았고, 주말 내내 가라앉았던 천사양로원의 분위기가 잠시 일렁이다가 다시 적막해졌다. 그동안 양로원 근무자인 원장, 사무국장, 사회복지사, 의사, 물리치료사, 영양사, 청원경찰이 각 1명, 간호사 2명, 요양보호사 16명, 조리사 2명, 세탁 요원 2명 등 총 29명이 모두 제 일자리로 돌아가자 양로원이 다시 적막해졌다. 내가 천사양로원의 근무자 수를 꿰뚫고 있는 이유는 노인학대 방법으로 사용하는 목욕을 없애면 자연보호사를 줄일 수 있다는 건의서를 작성해냈기 때문이다. 결론으로, 29명의 요원이 100명 노인의 살을 뜯어먹고 사는데, 불필요한 인원을 줄여서 노인복지에 더 쓰라고 호통쳤기 때문이다. 나는 이 과정에서 원장과 사무국장, 의사, 4자 면담을 수시로 요청했고, 결과는 "비용 절감에 대해 최대한 노력을 기울이겠다"라는 원론적인 대답만 돌려받는 중이었다. 그러니 나와 천사 양로원 관계자는 대결 국면에 있다고 보아야 할 것이다. 그들이 말은 하지 않았지만, 처음에는 자기들 편이될 거로 생각했는데, 이렇게 따지고 덤비니 몹시 당황해하는 눈치였다.

"천사대장님. 안녕하세요?"

사무국장이 웃음을 앞세우고 내 방으로 들어왔다.

"천사대장은 무슨 얼어 죽을 놈의 천사대장. 그냥 1004호 늙은이라고 해."

"아유. 천사대장님 왜 그러세요. 오늘은 루주도 바르시고, 예뻐요."

이것들이 뭔가 나를 달랠 일이 생겼나 보다 싶었다.

"이번 주 금요일에, 원장님과 의사 선생님, 저와 회의할 일이 좀 있어서요. 천사대장님, 시간 되시겠지요?"

"봐서, 바쁜 일이 없으면 가지."

내게 무슨 바쁜 일이 있을까마는 어깃장을 놓았다. 그렇다면 금요일에 뭔가 중대한 결정을 내릴 모양이었다.

그날, 나는 양로원 경내를 거닐다가 뒤편 무너진 담장 너머로 활짝 핀 찔레꽃더미가 눈에 들어왔다. 아! 아버지. 오늘 아침 일찍 찾아왔던 김복순이 떠올라 양로원 뒤 울타리 너머 찔레꽃 넝쿨로 발길을 옮겼다. 5월의 부신 햇살에 하얀 찔레꽃이 함박웃음을 터트리고 있었다. 계집애가 찔레꽃처럼 헤픈 웃음 흘리고 다니면 안 된다던 아버지는 오래전에 찔레꽃이 되었다. 아버지 제삿날 어쩌다 고향 집에 가면 나는 아버지를 만나듯 화사한 찔레꽃 그늘을 찾아 앉곤 했었다.

"애야, 비켜 앉아라. 가시에 찔릴라."

살아생전에도 근심이 많던 아버지가 저승에서도 연신 근심이었다. 오늘은 아버지가 여기까지 따라와 찔레꽃이 되어 서 있었다. 살아생전에 상두꾼으로 상여를 이끌던 아버지는 늘 흰 두루마기 바람이었다.

그런데, 어느 순간에 흰 두루마기를 입은 아버지 대신 고 소위가 서 있었다. 베트남전 작전 중에 푸른 군복과 철모에 푸른 나뭇가지를 주렁주렁 매달았던 사진을 보내온 적이 있어서 고 소위에게 흰 두루마기는 낯설었다. 고 소위가 말없이 내게 다가와 달러 한 묶음을 내놓았다. 생전에 한 번도 달러를 건넨 적이 없었는데, 달러도 낯설었다. 그렇다면 고 소위가 내 처지를 알고 스위스 도피 자금을 마련해주는 것일까. 내가 고 소위에게 뭐라 묻기도 전에 바람같이 사라졌다.

내가 찔레나무 아래 가시를 치우고 자리를 잡고 앉았을 때 스마트폰 벨소리가 들렸다. 별이 총총한 우주를 향해 날아오르는 〈넬라 판타지아〉 컬러링이었다.

"거기가 어디예요?"

청년은 처음부터 짜증 섞인 목소리였다. 나도 맞받아 짜증을 내어 말했다.

"천사양로원 뒷담 찔레나무 아래인데. 그건 왜 물어?"

"알았어요."

짧은 말과 함께 전화가 끊겼다. 나는 잘못 걸려온 전화일 거라는 생각이 들어서 더 신경 쓰지 않았다. 그런데 은빛 자장면 배달통을 든 청년이 불쑥 나타났다. 흰색 저고리에 청바지 차림이었다. 오늘은 아버지에서 고 소위, 청년까지 흰 저고리 패션이구나.

청년이 통에서 자장면 그릇과 젓가락과 단무지를 주

섬주섬 꺼내 놓았다.

"난 안 시켰으니 딴 데 알아봐요."

"사람 피곤하게 하지 말아요. 전화번호도 같고, 자장면값을 달러로 지불했잖아요."

청년이 뒤도 돌아보지 않고 사라져버렸다. 나는 자장면을 찔레나무 아래 그대로 두고 돌아왔다.

다음 날, 자장면이 깨끗이 치워진 찔레나무 아래에 앉아 있는데, 다시 자장면이 배달되었다. 청년이 어제처럼 주섬주섬 상을 펼쳐놓는데, 오늘은 어제보다 좀 여유가 있어 보였다.

"오늘도 달러로 지불했냐?"

"묻지 마세요. 세상은 뭘 알려고 하는 순간 복잡해져요. 내일 죽을 사람이 뭘 따져요?"

내일 죽을 사람이라니! 나는 청년의 말에 잠시 머리가 멍해졌다. 그러나 청년 말대로 지금 뭘 따질 경황이 아니었다. 갑자기 청년이 축 처져 있었기 때문이기도 했다.

"저, 오늘로 알바를 그만두게 될 것 같아요."

"왜?"

"섬 같은 양로원에 계시니 잘 모르시겠지만, 지금 온 세상이 박살 나는 중이라구요."

말끝에 청년이 번개같이 사라져버렸다. 청년의 등 뒤로 하얀 햇살이 폭포처럼 쏟아졌다.

자장면을 대하니 옛 생각이 한꺼번에 밀려왔다. 푸른 장교 복장의 고 소위를 처음 만난 곳이 중국집이었다. 나는 별생각 없이 자장면을 시켰더니 그가 조용히 웃으며 말했다.

"저도 자장면을 먹겠습니다. 처음 뵙는 순간 왜인지 평생 같은 음식을 먹게 될 거라는 예감이 들었습니다."

그 시절에 '선을 볼 때 수줍음을 타는 여자가 자장면을 한 젓가락 먹을 때마다 입술을 닦으며 먹었다'는 우스갯말이 유행하던 때였다. 그렇지만 나는 자장면을 다 먹을 때까지 입을 닦지 않았다. 고 소위의 예감대로 우리는 결혼했고, 전방 작은 도시에서 신접살림을 차려 한동안 같은 음식을 먹다가 베트남 전쟁터로 가버렸다. 그리고 몇 달이 지났을 때 전사 통지서를 받았다. 고 소위의 '평생 같은 음식을 먹게 될 것'이라는 예감은 빗나갔다.

찔레나무 아래에서 자장면을 먹고 나서 휴지로 입술

을 닦고 나니 여러 의문이 꼬리를 이었다. 청년이 어떻게 여기를 왔을까. 오래전에 세상을 뜬 아버지나 고 소위, 청년도 이 근처 보이지 않는 곳에 집을 짓고 사는 걸까. 나무젓가락 포장에 '중국 정통요리 양쯔강 반점'이라 쓰였고, 전화번호까지 있었다. 나는 많은 것이 궁금했지만, 궁금증 해소를 위해 전화를 건다든지 어떤 것도 하지 않았다. 청년의 "내일 죽을 사람이 뭘 따져요?"라는 말이 내 뇌리에 강하게 꽂혀 있었기 때문이기도 했다.

내가 방으로 돌아오자 복순이 년이 기다리고 있었다.

"식당에서 점심 먹을 때도 안 보이더니 어디를 갔다 왔냐? 그래, 점심은 먹었어?"

김복순이 살갑게 굴었다. 저년이 내가 오늘 아침에 큰소리친 일을 까맣게 잊은 게 틀림없었다. 나는 김복순을 말없이 노려보았다. 그래도 김복순이는 유들유들하게 말했다.

"천사대장, 오늘 원장과 의사를 만난다면서? 내 말 좀 잘해서 나 좀 집으로 보내줘."

제년이 아쉬울 때는 천사대장이지. 나는 아무런 대

꾸도 하지 않았다.

그날, 금요일 오후 5시에 천사양로원 원장실에서 회의가 열렸다. 요즘 방마다 TV 시청까지 끊어서 뭔가 중대한 일이 벌어질 거라는 예상은 하고 있었다.

회의실로 들어서자, 회의 시작 불과 몇 분 전인데도 아무도 없었다. 자리에 앉자 앞에 놓인 회의 자료가 눈에 들어왔다. '신종 코로나바이러스109(SARS-CoV-109) 예방 프로젝트'라 쓰어 있었다. 예방 프로젝트라니? 나는 속으로 되물었다. 새삼스럽게 이런 게 회의 안건이 될 수 있나. 다음 장을 넘기니 '신종 코로나바이러스109(SARS-CoV-109) 백신 및 치료제 임상시험 프로젝트의 시행 방안'이 나열되어 있었다. 즉, 겉과 속이 다른 내용이었다. 빠르게 맨 뒤를 넘겼다가 깜짝 놀랐다.

대외비 : '캡슐에 의한 29일 맞춤형 AI닥터 임상시험'은 부분적으로 성공적이었으나 보완 사항이 발견됨. 따라서 후속 프로젝트 시행이 불가피함. 사탕과 요구르트 둘 중 하나만 복용해도 약효가 충분하므로 복용을 강요할 필요 없음. 모든 제품은 2시간 이내에 반

응이 나타나지만, 반응이 없을 시에는 주사로 주입해야 즉효가 나타나니 유념하기 바람. 주사팀 상시 대기 예정.

　내가 서류를 들여다보고 있을 때 등 뒤에서 직원이 나타나 깜짝 놀라서 말했다.

"아유! 천사대장님 일찍 오셨네요. 대장님 자리는 이쪽이에요."

비로소 두어 석 옆으로 떨어진 자리에 '원생 대표 강옥희'라는 명패를 올려놓았다.

내가 제자리를 찾아 앉았을 때 회의 참석자들이 한꺼번에 들어와 가벼운 눈인사 끝에 자리에 앉았고, 바로 회의가 시작되었다. 나는 서류의 맨 끝부터 펼쳐보았는데, 아까 자료에서 봤던 대외비 부분이 빠진 채 편집되어 있었다. 저들끼리 엄청난 음모를 준비하고 있구나 싶었다. 어차피 살처분 대상이라고 여겨서인지 별로 조심하는 눈치가 아니었다. 그렇다면 이제 대차게 나가는 방법밖에 없었다.

"늙은이들을 대상으로 살처분 임상시험을 하겠다는 말이구만."

내 말에 세 사람의 표정이 일제히 경직되었다. 회의 대표인 의사가 수습에 나섰다.

"임상시험이라기보다, 개발이 완료된 제품을 통해 면역력을 테스트하는 과정이니 크게 염려하실 것 없습니다. 안전성이 확인된 제약 실험이니까요."

어찌 보아도 내 말에 대한 답변이 아니었다.

"내 말은, 왜 하필 임상시험 대상이 우리 같은 노인이라야 하느냐는 거예요."

"그건, 건강한 사람을 대상으로 한 임상시험이 끝나고, 면역력이 낮은 시험군이 남았기 때문이지요."

의사는 내 항의를 예상했던지 답변이 매끄럽게 이어졌다. 원장이 의사의 바통을 이어받아 말했다.

"천사대장님의 부군께서는 베트남전쟁 유공자이시더군요. 천사대장님께서는 오래도록 도서관 사서로 봉직하셨고요."

원장이 되도록 천천히 또박또박 내 이력을 늘어놓았다.

"말씀 잘하셨어요. 나는 그만큼 봉직했으니 이제 다른 사람이 그 일을 하게 해달라는 거예요."

내 말에는 대꾸 없이 회의가 속행됐다. 사무국장이

회의 순서에 따라 준비된 자료를 읽어 내려갔다. 물론 맨 뒤에 붙여진 '대외비'는 빼고.

"이번에 사탕으로 이뤄지는 임상시험 프로젝트는 단 하루 한 끼에 걸쳐 진행될 예정입니다. 각 1인이 한 알씩 복용하되, 요원들이 복용자의 반응 상태를 체크하게 됩니다."

나는 사탕으로 임상을 진행한다는 사실을 따지고 넘어갈 필요가 있다고 생각했다.

"사탕으로 포장한 임상시험, 동기부터 불순합니다."

내 말에 의사가 설명에 나섰다.

"그 부분은 제가 설명하겠습니다. 이 약이 어디에 효과가 있다는 약이라고 인식한 복용과 그렇지 않은 복용은 임상학적으로 차이가 있습니다. 즉, 약으로 인식하지 않은 상태에서 복용하여 얻은 반응이 더 객관적이지요."

직원이 들어와 스마트폰으로 회의 장면을 찍었다. 곁에서 원장이 의사 말을 거들었다.

"말이 거창해서 프로젝트지 간단한 임상시험이라고 보시면 됩니다. 어르신들께서 평소에 드시던 사탕을 드시고, 결과를 체크하는 임상실험입니다."

세 사람의 말이 끝나고 자연스럽게 내가 말을 할 차
례가 되었다. 지금 나로서는 주고받을 수 있는 협상 카
드조차 없이 일방적이다. 내 말은 무기력할 수밖에 없
었다.

　"우리 힘없는 노인을 임상시험 대상으로 취급하지
말아달라는 거예요!"

　내 말에 세 사람은 더 들어볼 필요가 없다고 여겼는
지 앞에 놓인 서류를 주섬주섬 챙기기 시작했다.

　"잠깐만요, 전임 회장 권옥순이 AI닥터의 진단을 받
은 뒤부터 눈앞에 허상이 보이기 시작했다던데, 그에
대해서 해명해주세요. 이번 임상시험이 AI닥터 임상시
험과 연관된 프로젝트 아닌가요?"

　내 말에 의사가 잠깐 놀란 표정을 지었다가 이내 제
표정으로 돌아가 말했다.

　"권옥순은 심각한 사이코패스 환자입니다. 기억 회
생을 위해 치료제를 투약한 것입니다. 그런데 기억 회
생이 과도하게 나타날 때 일시적으로 나타난 현상일
수 있습니다."

　의사가 그 말끝에 서둘러 회의를 마무리했다.

　"이만 회의를 마치겠습니다."

그렇다면 회의는 요식행위였다는 뜻이다. 이제 내가 오히려 다급해져서, 내 입에서 미처 준비하지 않았던 말이 불쑥 튀어나왔다.

"의사 선생님, 김복순을 아시지요? 특이한 건강 체질이고, 정신이 매화같이 맑아요. 김복순을 이 섬에서 보내주세요."

의사가 뜻밖의 제안에 나를 멍하니 건너다보더니 말했다.

"천사대장님, 여기는 섬이 아닙니다. 도시에서 좀 벗어난 곳일 뿐입니다."

"선생님은 은유법도 모르세요? 세상 사람들과 격리되면 섬이지 뭐예요?"

"아, 예. 그렇군요."

의사가 낯을 붉히며 뒷머리를 긁적거렸다. 그러고 나서 모호하게 말했다.

"검토해보겠습니다."

나도 섬에서 나가고 싶다고 말하고 싶었지만, 김복순을 처리하는 것을 보고 말해도 늦지 않을 것 같았다.

다음 날 아침이었다. 빨간 모자를 쓴 김복순이 싱글

벙글 웃음을 앞세워 가방을 둘러메고 여행백을 끌고 나를 찾아왔다.

"내가 똑똑한 친구를 둔 덕분에, 오늘 나가게 되었다. 고마워. 천사양로원이 생기고 내가 처음으로 나가는 거란다."

김복순의 말이 거침없이 청명했다.

"나가서 잘 살어, 이년아. 다시 섬에 끌려오지 않으려면 미친 짓거리 하지 말고."

"알았어. 나는 옥희 너랑 함께 나가는 줄 알았어. 너는 나보다 더 멀쩡헌께 말을 허제."

나는 얼른 방문을 걸어 잠그고 김복순의 손을 이끌어 방 모퉁이로 몰아넣었다. 그리고 딱지로 접은 메모지를 손에 쥐여 주며 말했다.

"잘 들어. 오늘 양로원 노인들이 모두 살처분된다. 이를 세상에 알려야 한다. 편지 맨 아래에 기자 전화번호가 적혔다."

눈치 둔한 김복순이 이번에는 단박에 알아듣고 딱지를 가방에 챙겨 넣고 나서 눈을 동그랗게 뜨며 말했다.

"에구 무시라! 그럼 너도 같이 나가야제, 왜 여기 남아 있는 것이여?"

"나만 살겠다고 여기를 나갈 순 없어! 남아서 방어하는 데까지 방어해야지."

내 입에서 미처 준비하지 않은 말이 튀어나왔다.

김복순이 살처분이라는 무시무시한 말은 금세 잊어버렸는지 아이처럼 좋아라 깡충대며 빨간 모자와 함께 시야에서 멀어져갔다.

아침 식사로 '신종 코로나바이러스109(SARS-CoV-109) 예방 프로젝트'가 시작되었다. 우주인 같은 방진복으로 무장한 사람들이 나타났다. 누구인지 전혀 알아볼 수 없지만, 뒤에 사령관처럼 서 있는 사람이 원장이거나 의사라고 추측했다. 살처분 임무를 수행할 행동대원이 곳곳에 자리 잡았다.

배식은 전날과 다르지 않았다. 식판에 차례로 반찬을 담는다. 그런데 배식대 끝쪽 누룽지 그릇 옆에서 영양사가 요구르트와 사탕을 일일이 손에 쥐여 주는 일이 달랐다. 내가 영양사 앞에 섰을 때, 멀리서 방진복을 입은 사람들의 눈이 일제히 나를 향하고 있었다. 나는 요구르트와 사탕을 받은 뒤, 마스크를 내리고 정확하게 말했다.

"하나 더 주세요."

마스크 때문에 전혀 표정을 알 수 없는 여자가 말없이 요구르트를 하나 더 얹어줬다.

무심코 앉은 곳이 하필 새침데기 권옥순 앞이었다.

"대장이라고 한 개 더 먹는 건 공평하지 않아."

말 첫마디부터 삐딱했다.

"그래? 내가 하나를 더 받은 이유를 알려주지. 내 방으로 따라와!"

밥을 먹는 속도가 오늘은 좀 빨랐다. 밥을 먹고 나서 잠시 망설였지만, 나는 보라는 듯이 큰 동작으로 요구르트와 사탕을 연달아 입에 털어넣었다. 입에 머금은 채 자리에서 일어나 화장실로 들어가 변기통에 요구르트와 사탕을 뱉어버렸다. 돌아서자 벌써 입안에 마비 증세가 오는 것 같았다.

화장실에서 돌아오자 앞자리에 앉았던 새침데기가 요구르트를 비우고 이어 사탕을 물었다. 이를 보자 갑자기 화가 치밀었지만 눌러 참았다. 식사를 마치고 나서 방으로 돌아오는데 새침데기가 졸래졸래 뒤따라왔다. 아무런 의심도 없이 따라와서 그것만으로도 기분이 나빠서 방으로 들어서자마자 돌아서서 귀싸대기를 후려갈겼다. 악! 갑자기 일격을 당한 새침데기가 그 자리에 주저앉았다. 게다가 예상하지 못했던 코피가 터지는 바람에 난감한 처지에 몰렸다.

"사람 살려!"

새침데기가 소리치며 복도로 뛰쳐나갔다. 이제 나는 당장 청원경찰에 체포될 것이다. 그렇게 되면 모든 일이 끝장이다. 이때였다. 스마트폰에서 진동이 시작되었다. 청년이었다.

내가 찔레나무 아래에 당도했을 때는 청년이 통에서 자장면을 꺼내놓고, 내게 전화를 걸고 있었다. 그렇지만 내 스마트폰 진동이 더는 울리지 않았다. 통신 차단에 들어간 것이다.

"어?"

청년이 전화기가 먹통 된 사실을 알아챈 것과 나를 본 것은 거의 동시였다. 내가 손에 쥐고 있던 스마트폰과 달러 뭉치와 사탕, 요구르트를 자장면 배달통 속으로 밀어 넣었다.

"빨리 나가! 양로원에 살처분이 시작되었어!"

청년이 내 말을 알아들었는지 말았는지 잠깐 눈을 껌뻑이다가, 일시에 작동이 멎고 나무토막처럼 뒤로 넘어졌다. 청년의 몸이 빠르게 녹는가 싶더니 내 눈앞에서 아지랑이처럼 사라져버렸다. 곁에 있던 자장면 배달통과 달러와 스마트폰도 함께 사라졌다. 오직 내가 금방 건넨 사탕과 요구르트만 남았다. 불현듯 새침데기 권옥순의 허상이라는 말이 떠올랐는데, 그렇다면 나도 캡슐에 갇혀서 AI닥터 진료를 받을 때 투약된 것이 틀림없었다.

내가 방으로 들어오는 복도에 들어섰을 때 김복순의 빨간 모자가 여행백 위에 올려 있었다. 그렇다면 김복순이도 여기를 빠져나가지 못하고 소환된 것이다.

내가 방으로 들어서자 침대 옆에는 흰 알루미늄관이 놓여 있었다. 나는 대기하던 청원경찰에 의해 체포되었다. 39킬로그램의 몸이 결박되어 눕혀졌고, 우주인 복장을 한 괴물이 내게 주사를 놓았다. 온몸으로 약기운이 물결처럼 빠르게 퍼져나갔다. 이제 나도 천사양로원 모든 노인과 같은 시간에 죽어갈 것이다. 나는 이 순간이 무서울 줄 알았는데, 헝클어졌던 의식이 차분하게 정리되어 맑고 편안해졌다. 상여 머리에 우뚝 선 흰두루마기를 입은 상두꾼 아버지가 요령을 흔들며 나의 상여를 인도했다.

천사양로원은 마치 월동하듯 3개월 동안 문을 닫았다가 봄이 오자 내부 소독을 마치고 아무 일도 없었던 듯 다시 열었다. 천사양로원은 한국능률협회포럼으로부터 우수기관에 선정되었고, 프로젝트에 참여한 29명의 직원은 고르게 보상을 받았다. 의사와 원장은 승진하여 질병관리청 간부로 자리를 이동했고, 사무국장이 원장, 그 아래 직원들도 계급이 한 계단씩 올라서 복귀했다. 공석이 된 의사 자리는 새로 채용하지 않고 AI닥터로 대체하여 임상시험을 계속 진행했다. 임상시험의 최종 목표는 '29일 자동 생명 소멸'이다.

노인복지 제도가 획기적으로 개선되어 치매 공공 후견 서비스 신청 및 문의를 쉽게 할 수 있는 시스템이 마련되었다. 치매 어르신의 전문 상담문의센터(1899-10088)가 신설됐다. 전화번호 끝자리 10088에는 '100세까지 팔팔하게 살자'라는 불편한 진실의 염원이 담겼다.

이 시대에 현실의 등불을 켜는 법

강민숙(시인, 문학박사)

1. 아직도 리얼리즘인가

채길순은 1990년대에 활동한 정통파 소설가다. 이번에 그의 소설집 발문을 부탁받고 그의 소설이 그동안 어떻게 변모했는지 궁금했다. 결론부터 말하면 그는 여전히 소설의 본질적인 특성인 리얼리즘을 기저에 두고 있으면서, 창작 방법에서, 시대의 조류에 편승하여 실험적인 변모를 꾀하고 있다.

그가 소설가로 활동한 1990년대는 냉전 이념이 사라지면서 국내에서도 사회계층의 변화가 역동적으로 펼쳐졌던 시기이다.지금껏 추구해오던 민중민족문학 이념에 대한 자성과 함께 문학의 상업성에 대한 비판이 일면서 문학 조류에 획기적인 변화가 드세게 일었던 시기였다. 이어 2000년대에 들어서도 여전히 1990년대의 문학은 가속적으로 변화의 진폭을 더욱 크고 빠르게 진행했다. 이 시기에 문학의 특징은 포스트모더니즘이라는 우산 아래 있었다. 새로운 문체와 소재, 기발한 상상력, 형식 파괴 등 다양한 실험적인 창작 방법이 시도되었다. 이런 격랑의 시기에 정통 문학은 현실 문단 무대에서 점차 도태되는 분위기였고, 많은 작가가 현실 문단을 떠난 것도 사실이다.

이렇게 한 세대라 할 30여 년의 문학사를 다소 장황하게 개관(槪觀)한 이유는 소설가 채길순이 건너온 1990년대와 2000년대 문학 격랑기를 짚어보고, 그의 작품 세계를 특정해내기 위해서이다.

소설가 채길순은 1983년 〈충청일보〉 신춘문예에 단편소설 「꽃마차」가 당선되면서 문단에 나왔다. 1989년 〈충청일보〉에 장편소설 『동트는 산맥』을 연재했고 1995년 〈한국일보〉 광복 50주년 기념 1억 원 고료 소설 공모에 『흰옷 이야기』가 당선되었다. 이 소설은 신문에 연재된 뒤 1997년 3부작으로 출판되었다. 그의 대하소설 『동트는 산맥』(전7권)은 2001년에 출간됐다. 그는 1990년대 이후 탈이념의 문학 조류 한가운데 있으면서도 줄곧 정통 소설을 써온 사실이 확인된다.

그뒤 변화라면 대하소설 대신 한 권에 담을 수 있는 장편소설을 주로 썼다는 것이다. 『웃방데기』(2008), 『조 캡틴 정전』(2010), 『모든 이의 벗 최보따리』(2019), 단편소설집 『동학 이야기』(2022)를 최근까지 연이어 출판했다. 그리고 이번에 단편소설집 『어느 바닷가의 픽션』(2023) 출간을 앞둔 것이다.

이제, 소설가의 작품 세계와 창작 기법의 변화에 주목하고자 한다. 「어느 바닷가의 픽션」, 「구빈원」 두 소설은 '다주체 시점'을 시도한다. 이는 튀르키예의 소설가 오르한 파묵이 시도했던, '다주체 시점'과 유사하다. 등장인물뿐만 아니라 물고기, 죽어가는 인물도 끝까지 자신을 주체로 기술한다. 다주체 시점을 통해 시점의 제약에서 벗어나 다양한 차원의 소설적 지평을 열어 보인다. 이 같은 결론의 논거를 두 편의 단편소설 분석으로 뒷받침할 것이다.

2. 바닷속 물고기의 무대 공연 3장으로 픽션화, 「어느 바닷가의 픽션」

'나'는 아버지로부터 1894년 동학농민혁명 때 관군에 의해 참수된 증조부의 유골 사진을 받는다. '나'는 아버지의 증조부 묘 이장 행사 참여를 피해 낯선 바닷가 마을에 내려왔다가 바닷속에서 물고기의 공연을 관람한다. '나'는 태풍이 몰아치는 바닷가 선착장에 나갔다가 고깃배의 스크루에 목이 잘려서 머리와 몸통이 문어 떼의 먹이가 되면서, 마지막 공연 3장 '물고기의 혁명 무대'를 목격한다.

바닷속 무대에 상위 포식 어류인 영성이 있는 문어, 우럭과 노란망둥어, 게가 등장한다. 공연 무대에서 우럭이 주인공이다. 아버지가 참수되자, 맏이인 형이 원수를 갚기 위해 자청하여 참수된다. 남은 가족으로 아내와 두 아들, 동생이 있다. 무대에 형과 동생 우럭의 논쟁, 아버지 우럭과 두 아들의 논쟁이 벌어진다.

(가)

동생: 영악한 지배자들은 피지배자들이 집단을 형성하지

못하는 속성을 간파하고 있지. 그래서 사발통문을 만들 사랑방이나 광장을 원천봉쇄시켜왔어. 광장이 저절로 없어진 듯 보이도록 화단이나 시설물을 설치해 없앴지. 둘러보라고. 요즘 광장이 어디 있냐고?

형: 그런 광장회의론도 있지만, 광장의 역사를 기억하고 행동하는 게 진보이고, 역사야. 그 기억이 때가 되면 일시에 힘으로 분출되지. 그게 혁명이고 세상의 모든 경계를 허물게 되지.

-「어느 바닷가의 픽션」 중에서

(가)는 형과 동생 우럭의 논쟁이다. 1990년대와 2000년대 이후 '광장'이나 '역사'는 사라진 담론일지도 모른다. 오히려 동생의 '광장회의론'이 타당성이 있어 보인다. 이에 맞서 형이 "광장의 역사를 기억하고 행동하는 게 역사"라는 주장과 함께, "때가 되면 일시에 힘으로 분출되"는 새로운 혁명론을 펼친다.

(나)

무대 맨 아래쪽에는 뜨거운 물에 익은 붉은 게와 살아 있는 검은 게 떼가 뒤섞여 자리 잡았고, 내 머리와 몸통을 뜯어 먹는 흰 문어 위로 노란망둥어 떼가 한 층을 장식하는가 싶더니, 그 위로 검정 우럭 떼가 몰려왔다. 우럭 떼 맨 앞에는 아들 1, 2가 붉은 깃발을 흔들고, 뒤에는 머리에 붉은 띠를 두른 동생과 아내가 함성을 지르고 있었다. 바다 밖 태풍에서 변주된 거대한 혁명의 함성이 온 무대로 넘쳐났다. 마침내 무대의 모든 경계가 사라졌다.

-「어느 바닷가의 픽션」 중에서

거센 태풍이 몰아치던 날, 나는 바닷가에 나갔다가 고깃배 스크루에 목이 잘렸고, 바닷속 공연 3장의 마지막 무대에서 물고기들의 혁명을 목격한다.

이렇게, 혁명이 픽션 장치를 통해서, 그것도 사람 세상이 아닌 어류 세상에서 벅찬 혁명이 이뤄졌다. 이는 여전히 혁명이 필요한 사회에 대한 소설가의 역설이다. 왜냐하면 지금 세계는 신자유주의와 신냉전 시대를 구가하며, 민초는 점차 거대 자본의 노예화가 진행되고 있기 때문이다.

3. 사회집단의 아이러니를 보는 작가의 시선, 「구빈원」

소설 「구빈원」은 양로원에 수용되어 살처분당하는 '나'의 이야기다.

미셸 푸코는 저서 『광기의 역사』에서 "병원 탄생이 광기를 둘러싸고 이루어지는 권력의 총체적인 전략이자 그 효과"라고 했다. 소설 「구빈원」은 양로원을 치매환자 수용소이자 광인 수용소로 동일시하고 있다. 일찍이 우리 풍습에는 고려장이 있었고, 일본에서는 70세가 되면 나라야마에 내다 버리는 풍습이 있었다. 오늘의 첨단산업사회에서는 고령자 문제를 어떻게 풀어갈까. 이는 인류의 현재 혹은 미래의 문제이기도 하다.

(다)

"받아들이기에 따라서는 가시는 곳이 천국이지요."

"감옥이지 어째서 천국이야? 그런 천국은 너희나 가!"

"감옥이든 천국이든 받아들이기 나름 아니겠습니까?"

"난 안 가! 너희 맘대로 해!"

내 말에 사무장이 말없이 자리에서 일어섰다. 이제부터 신분이 치매 환자에서 통제 불능의 광인으로 바뀌어 버렸다.

미리 대기 중이던 두 장정이 양쪽에서 내 양팔을 꼈다.

–「구빈원」 중에서

(다)는 '나'가 합법적으로 섬(양로원)으로 들어가는 과정인데, 여기서 '너희'는 양로원에 수용된 노인을 제외한 '모든 세상 사람'이고, 이들은 '나'의 추방을 암묵적으로 지지하는 이들이다. 미셸 푸코의 말대로 '너희들'의 '권력은 총체적인 전략이자 그 효과'인 셈이다.

(라)

내가 방으로 들어서자 침대 옆에는 흰 알루미늄관이 놓여 있었다. 나는 대기하던 청원경찰에 의해 체포되었다. 39킬로그램의 몸이 결박되어 눕혀졌고, 우주인 복장을 한 괴물이 내게 주사를 놓았다. 온몸으로 약기운이 물결처럼 빠르게 퍼져나갔다. 이제 나도 천사양로원 모든 노인과 같은 시간에 죽어갈 것이다.

–「구빈원」 중에서

(라)는 자연스럽게 자행되는 살처분 장면이다. 이로

써 섬(양로원)에서 자행되는 '살처분'은 '모든 너희'가 암묵적으로 지지하는 집단의 불편한 진실이 된다.

4. '절실했던 시대'를 이야기하다

채길순의 소설에는 우리가 열망하고 환호작약했던 저 90년대의 격동과 격론들, 페레스트로이카, 혁명론과 '현실 사회주의'의 붕괴, 2000년대 이후 포스트모더니즘, 그리고 무슨 무슨 리얼리즘, 포스트모더니즘……, 이 같은 시대의 격정이 박제되었다. 그것들은 때때로 불꽃처럼 화려하게 피었다가 사라졌다. 그토록 절실한 시대의 산물이었던 소설이 오늘의 저울로 가치 없다고 하지는 못할 것이다.

필자가 소설가 채길순을 안 것은 동학농민혁명 소재의 시를 쓸 때였다. 당시 그는 동학농민혁명사 연구와 소설 창작을 할 때였다. 그가 어느 동학 관련 학술대회에서 "동학농민혁명사를 알리는 일이라면 학술 연구 논문, 강연, 소설, 뮤지컬, TV 드라마 대본, 시나리오, 동영상 제작 등 할 수 있는 일을 다 하고 싶다"라고 피력했다. 그는 동학농민혁명 신봉자였다.

그는 여전히 실험적인 소설을 시도하는 중이며, 여기 두 편의 소설도 그 도정(道程)의 산물이다.

작가의 말

먼동이 튼다.
쓰러진 자의 꿈을 딛고 일어나
여명을 맞이해야겠다.
혁명이란
아픈 날을 기억하고 새롭게 떠오르는
해와 같으니까.

2023년 12월
채길순

채길순

1955년 충북 영동에서 출생하였다.

1983년 〈충청일보〉 신춘문예 소설 부문에 당선되며 작품 활동을 시작했다. 1995년 〈한국일보〉 광복50주년 기념 1억 원 고료 장편소설 공모에 『흰옷 이야기』가 당선되었다. 이 외 저서로 장편소설 『어둠의 세월』(상·하) 『동트는 산맥』(전7권) 『조캡틴 정전』 『웃방데기』, 역사기행서 『새로 쓰는 동학기행』(전3권) 등이 있다. 명지전문대학 명예교수이다.

어느 바닷가의 픽션

초판 1쇄 인쇄 2023년 12월 12일
초판 1쇄 발행 2023년 12월 20일

지은이 채길순

편집 이경숙 정소리 | 디자인 윤종윤 이주영
마케팅 김선진 배희주 | 저작권 박지영 형소진 최은진 서연주 오서영
브랜딩 함유지 함근아 고보미 박민재 김희숙 박다솔 조다현 정승민 배진성
제작 강신은 김동욱 이순호 | 제작처 천광인쇄사

펴낸곳 (주)교유당 | 펴낸이 신정민
출판등록 2019년 5월 24일 제406-2019-000052호

주소 10881 경기도 파주시 회동길 210
문의전화 031.955.8891(마케팅), 031.955.2692(편집), 031.955.8855(팩스)
전자우편 gyoyudang@munhak.com
인스타그램 @gyoyu_books | 트위터 @gyoyu_books | 페이스북 @gyoyubooks

ISBN 979-11-92968-91-9 03810

· 이 책은 〈인송문학촌〉과 〈글낳는집〉에서 집필되었습니다.

이 책은 경기도, 경기문화재단의 지원을 받아 발간되었습니다.